N e u e B ü h n e 30

ドイツ現代戯曲選⑬
N e u e B ü h n e

Die Stunde da wir nichts voneinander wußten

Peter Handke

Ronsosha

私たちがたがいをなにも知らなかった時

ペーター・ハントケ

鈴木仁子［訳］

ドイツ現代戯曲選 13

Neue Bühne

論創社

編集委員◉池田信雄／谷川道子／寺尾格／初見基／平田栄一朗

Die Stunde da wir nichts voneinander wußten
by Peter Handke

This translation was sponsored by Goethe-Institut.

GOETHE-INSTITUT

「ドイツ現代戯曲選 30」の刊行はゲーテ・インスティトゥートの助成を受けています。

(photo ©AGE/PPS)

目次

Die Stunde da wir nichts voneinander wußten

私たちがたがいをなにも知らなかった時

S・に
（そしてたとえばヴェリジー台地のマユ・ショッピングセンターまえの広場に）

「見たものを口外するな、形象の中にとどまれ」
（ドドナの神託の言葉より）

Die Stunde da wir nichts voneinander wußten

舞台はまばゆい光のさすひろびろした野外の広場。

はじまりにまずひとり、すばやく舞台を走り抜ける。

次に反対方向からまたひとり、おなじく足早に駆け抜ける。

つづいて両方向からひとりずつ斜めに駆けてきてすれ違い、すぐあとをおなじ間隔でさらに各々ひとりが追いかけてきてすれ違う。


間。


舞台奥、男がひとり、広場を横切っていく。

ぶらぶらと歩きながら、しきりと掌を開いては五本の指をひろげ、同時に伸ばした両腕をゆっくりと持ち上げて、頭上で弧を描くように回してからふたたび下ろす。のんびりした動き、のんびりした歩み。

奥の路地のひとつに姿を消すまえに、男、風を起こすような歩みになり、さらに両手を大きく動かして体をあおいで、しぜんと頭を反らし、仰向いたまま、路地を曲がって退場する。

と、きびすを返すようにたちまちおなじ調子で再登場。そのとき広場の中景に、反対方向から別の男があらわれる。男は歩きながら音を出さずに片手で拍子をとっており、やがてそのしぐさが両手になり、しまいに広場から先とは別の路地への角を曲がるころには、全身でリズムに乗って、歩き方まですっかりさまになっている。

先の男――舞台奥にておなじペースで登場・退場をくり返し、風を起こし光を起こそうとする動作をしつづける――とおなじように、拍子の男もくるりときびすを返し、あらためて広場を端から端まで、拍子とりに没頭しながら突っ切って去り、さらにまたおなじことをくり返す。この間、舞台の前方では、左から、右から、目に見えない胸壁ないし橋から飛び降りてきた人が上から、下の掘り割りか道路に空いていた穴から出てきた人が下から、四人、五人、六人、七人と、弧を描きつつ多人数がどっと走り出る。

この人たちも広場で立ち止まってはいない。ばらばらと散っていき、広場を去り、と思うまにまた戻り、めいめいがてんでばらばらに〈ウォーミングアップ〉にいそしんでいるが、たえずだしぬけに、キマイラさながら、とっかえひっかえさまざまな姿態をとる。たとえば、いきなり跳躍して、ジグザグに走る、靴の泥を落とす、腕を伸ばす、眼のうえに小手をかざす、杖をついて歩く、しのび歩きをする、帽子をとる、櫛で髪をとく、ナイフを引っぱりだす、シャドウボクシングをする、肩ごしにふり返る、雨傘をひろげる、夢遊病者のように歩きまわる、地面にどうと倒れる、唾を吐く、線の上でバランスをとる、つまづく、はね躍る、歩きながら途中でくるりと一回転する、ハミングする、いきなりうめく、こぶしで自分の頭や顔を打つ、靴のひもを結ぶ、地面をごろごろと転がる、空中になにかを描く——などの動き（ちなみにほとんど無表情のまま）をする。すべてが入り乱れた様相で、どれもやりとおされることはなく、出だし部分だけである。

と、あれよあれよのうちに、前景、中景、後景とも人々はいっせいにすがたを消す。

間。

ひとりの男、釣りに出かける様子で、広場に目をやるでもなく通りすぎる。

つづいてすぐさま厚く着ぶくれした初老の女、買い物カートをうしろに引きながら行きすぎる。

初老の女が視野から消えないうちに、消防局のヘルメットをかぶった人ふたり、広場にあわただしく駆けこむ。手にホースと消火器を持っているが、緊急事態というよりは訓練か？

すぐあとを追って、放心した足取りで、わが家へのはるかな家路をたどるサッカーチームのサポーターがあらわれる。こわきに抱えた旗は焼け焦げて炭と化しており、歩くうちにぼろぼろと落ちていく。このサポーターのあとを、梯子を抱えた正体不明の男がつづく。さらにうしろからハイヒールの美女、すぐそばをかすめて追い抜いていくが、ふたりの男はてんで気づかない。

間。

ローラースケートの男、舞台をすばやく滑っていき、たちまち退場。

そのあとを絨毯売りの男、むきだしの絨毯の束を背負ってあらわれる。ひどく腰をかがめ、ときおり足を止めつつ、膝を折り折り、広場をぬけて顧客のもとへむかう。

とぼとぼと歩む絨毯売りとすれ違うかたちで、カウボーイか家畜番か、三歩ごとに鞭をピシリ、ピシリと打ち鳴らしていく。どちらも黙々と進むばかり、相手を一顧だにしない。

その間、広場のはるか後方にはだしの女登場。両手を顔のまえにかざし、歩いては止まり、止まってはまた歩む。ふいに両腕をだらりと垂れると、一本の指を口にくわえ、にたりと大きく笑いながら、円を描きつつ足を引きずるように歩く。どうやら、先ほど通りすぎたばかりの美女がこの精神薄弱者らしい。この間、広場前方では先の人物のいるところに少女ふたり、腕を組んで登場。だしぬけにふたりいっしょに何度か側転をしてみせると、あれよあれよのうちに消える。

つづいてエピソード的に登場する広場の管理人、舞台を蛇行しながら、バケツに入れた灰を一握りずつとって撒いていく。そのうしろをかなり高齢の男、紋章のついた巨大なゆりかごを頭上に載せ、両手で支えながら、綱渡りでもしているように一歩一歩、そろそろとついていく。やがて揺りかごからすっかり手を離し、頭頂でバランスを取りながらもしだいにあぶなっかしい歩みになっていくが、最後には安定を取り戻す。ほぼ同時にこのあたりのビジネスマン、せかせかと急ぎ足で通りかかる。広場をななめに突っ切りながら、鍵束（車のか？）をポケットにつっこみ、かわりに別の大きい鍵束（自宅と店のか?）を取りだして、歩きながら望みの鍵を選びだし、その鍵を行く手にむかってさしだしながら退場。

直後、何者とも判断のつかない男が、ビジネスマンのあとを追うように登場。広場中央で足を止め、もと来た方向にのろのろと去る。


間。


まばゆい光のさすひろびろした広場。

広場の空高く、飛行機がかなりの時間をかけて飛んで行く。飛行機の影？

ふたたびもとの状態。

一陣の砂塵、もうもうと煙が立つ。

制服姿の男、一方のそでから行進の足取りで足早に舞台を横切っていくが、すぐまた反対側からやはり急ぎ足で、花束を抱えてあらわれ、わき目もふらず姿を消す。

スケートボードに乗った男、なにか想像上のものの周りをぐるりと回り、と見るまにボードから飛び降り、そのボードをわきに抱えると、悠然とした足どりでゆっくり退場する。先ほどのローラースケートの男とはほとんど共通点がない。この男と入れ替わりに、コートに身を包み帽子をかぶった人物登場。帽子をとって、その帽子をくるりくるりと回しながら挨拶をすると、そのたびに帽子からはらりはらりと木の葉が舞い落ち、またコートのボタンをひとつずつ開けていくと、それにつれて塵や砂がばらりばらりと落ち、しまいには大きな音を立てて小石がいくつか落ちる。

一方、この間にまったく別の場所を歩いてきた人物のほうは濡れねずみだ。難船者そこのけにしずくをしたたらせ、膝をついて這い回り、やっとのことで中腰で立ちあがると、ふらつきながらまもなくその場から姿を消す。

入れ替わりに出てきたのは軽快なオフィス着姿の若い女。コーヒーカップをいくつか載せたお盆を片手で持って、舞台を小さくくるりと回ると、路地のひとつに姿を消す。おなじく道路掃除夫が通りかかり、ほうきと一輪車を持ったまま、先の女とは別の円を描いていく。

間。

光のさすがらんとした広場。

コクマルガラスの甲高い鳴き声、高山のよう。

と、つづいてカモメの鳴き声。

盲人用の眼鏡をかけた男、手さぐりしながら、杖もなく、おぼつかない足取りで入ってくる。うろうろと迷ってから、途方に暮れたように立ちつくす。その間、盲人のまわりでは前後左右にエピソード風のごたごたが展開する。たとえば(すでにかなり長距離を走ってきている)ランナーがいきなり駆けてきて、あっというまに走り抜ける。ひとりの男、めくらめっぽうに走りつつ、肩ごしに何度もうしろをふり返るが、これは泥棒で、その背後を拳をふりあげながら、別の男が追いかけていく。オープンカフェのウェイターが登場、ボトルの蓋を開け、その蓋をピンとはじいて広場ごしに飛ばして去る。買い物カートを引いて歩く先ほどの年のいった女、ふたたび登場、そばをほとんど同一人物、ちがいは買い物カートだけといった女が並んで歩いてくる。と同時にマウンテンバイクの男、尻をサドルからあげたまま走り抜ける。と同時に一群の人々、旅行鞄をふりつつ、一列になって大股で広場を通りすぎる。列車の中で車室から車室へ移動する若者のグループ、ないしはバスを降り立って競技場へむかう選手たちといった感。また同時に、歩きながら新聞をめくっている男、新聞から眼を上げもせず、広場中央で音をひろうように立ちつくしている盲人を迂回していく。盲人は、角を曲って足早にあらたに登場した男にうしろから肩を抱かれ、その男に顔をむけることのないまま腕を組み、男から手渡された本を手で念入りに探りながら舞台中央を抜けて去る。

ふたりがいましがたまで立っていたあたりを、徒歩旅行者《ハイカー》が歩いている。長いダスターコート、やや時代遅れのリュックサック、鋲付きのシューズ。わき目もふらず歩いており、この広場が休み場所になることもない。大きくふっていた腕の一本を突如として前にさしだし、空中《見えない》の腰をつかむかのようなしぐさをし、つづいてもう一本の腕でおなじことをする。

その間にエレガントな装いの若い女性が広場を横切る。片手に金槌、もう一方の手に伸ばした物差し、口には数本の釘。

間。

新聞紙が一枚、ついでもう一枚、風に飛ばされて広場をすぎる。ラジコンカーがどこかの片隅から飛びだし、あっちへ、こっちへ、突発的に動いてからまた引っこむ。

カラフルな凧がくるくると空中を落下、広場をすべったあと、新聞紙とおなじく風に飛ばされて路地に消える。

どこかで倒れた鉄の棒の音が反響《こだま》する。

霧笛。

なにとも判断のつかない短い叫び声。やがて複数の小鳥の鳴き声とわかる。ついで通りを走りまわる大勢の子どもだけが立てうるような、バタバタいう足音。

酔っぱらいの男、後方から舞台をななめに横切るように千鳥足で登場。はじめは鼻歌、やがておいおい泣き、ついで金切り声をあげ、最後には歯をむき出し、ぎりぎりと歯ぎしりしながら、おぼつかぬ足取りで円を描く。

フルメンバーの飛行機の乗員、それらしき荷物を携えつつ登場。あらかじめ定まったルートでもあるかのごとく、広場を列になって進んでいく。ぴったりうしろをついてくるのは道化、顔をしかめて乗員たちの猿まねをする。彼らの足跡にキスをし、地面に耳をつけて音を聞き、しまいには四つんばいで這いくりながら去る。

その間すでに、若い女が別の場所を歩んでいる。歩きながら袋から現像した写真を取りだし、一枚また一枚とながめ、足を止めてほほえみ、ひときわ大きな笑みをにっこりとつくると、一枚の写真に見とれながら歩いていくが、反対方向から来た正体のわからない男の通行人がいっしょにたついているのが目に入るや、たちまち笑い顔を引っこめ、かたい表情になって路地のひとつへ姿を消す。かわりに男は顔に笑みをはりつけたまま広場を横切るが、そこへ軽くとんぼ返りをしながら道化登場、男の猿まねをして、男の笑みをさらに大げさにした笑顔をつくると、たちまち去る。

舞台奥よりさっそうたる大股で若いやり手ふうの男、いかにもそれらしい小道具を携えて急ぎ足に登場。途中、はたと立ち止まって背広のポケットをさぐり、ほかの各所のポケットも外からぱんぱんと叩いて、中のものをまずは片手に受け、つづいてアタッシェケースの上に出して置く。そしてひとつずつ、入念に、いちいち確かめながら、もったいぶった様子でもとのポケットに戻す——けばけばしい色のハンカチ、さいころ、空っぽの靴クリーム瓶（これを使って男はジャングルに響く太鼓のリズムをとる）、ホタテ貝の殻、電卓、鉛の球がついた護身棒、林檎、女性用ストッキング、メッセージつきハート形の焼き菓子《レープクーヘンヘルツ》、靴ひも、束ねてない札束、蛇腹のクレジットカードケース、洞窟探検用ヘッドライト。

それから来たとき同様にせかせかと去る。鞄を持つ手には林檎も握られている。

広場の掃除夫、ほうきを手に掃除しながら登場。が、その間にも、自分の前方に掃きだした紙くずが風に吹かれて背後に飛んでいく。一方向に掃けば掃くほど、紙くずは向かい風に左へ右へ足もとを吹き飛んでしまう。何度戻ってやり直そうが変わらず。ひっきりなしにあっちこっちと掃きながら、それでも前へ前へせっせとほうきを動かしつつ、視界から消える。

さてここで、ついに美女が通りすぎる。あらわれた瞬間に伏し目になり、四方から見つめられているのを意識しつつ、それを楽しむように——ただしなにをするでもなく——舞台中央に歩みでる。目の隅で見ているのかいないのか、おもむろに流し目をつかうばかりで、周囲のものにはまったく気をとめない。猫の叫び声にも、拡声器から聞こえてくるげっぷにも、いきなり鳴るクラクションにも、路地裏ではじまった犬の鳴き声（物まねか?）にも動ぜず、自分の脚にまきついた紙くずにも、突如としてガタガタ鳴りはじめた屋根瓦にも気をとめず、こわがりもしない。美女を追い払うかのように、路地のひとつからつかのまホースで水が浴びせかけられるが、それでも意に介さない。美女は広場を去りかけてようやくまなこを開ける。

華やかなドレスに身を包んだ若い娘、コーヒーカップを載せたお盆を手に、大きな弧を描く。同時に路傍での座り仕事を終えてきた物乞い、広場を横切り、歩きながら皿のなかの硬貨を数えると、ひとまとめにしてコートのポケットにつっこむ。

何者とも判じがたい男ふたり、別々の方向から四角い広場を通っていく。ひとりは手に書物、もうひとりは手にパン。

たがいに相手に目をくれぬまま、すれ違いざまに、ひとりは手にした本を開き、もうひとりは手にしたパンをかじる。

読む男、食べる男、双方ともに歩みをゆるめる。読む男、おもむろに眼を上げ、肩ごしにふり返る。食べる男、ぐるりとあたりを見回し、広場を去る。

まばゆい光のさす、ほかにはなにもない大きなひと気のない広場。

何者ともわからない男ふたり、登場。

ひとりが立ち止まり、到着したというふうに頭を上げてあたりを見回し、大きくひと息つく。もうひとりが先を急ぐ合図をすると、そのたびに何度もうなずき返すが、とうとうゆっくりと向きなおり、少し離れて男のあとを追う。

この間、舞台奥では、遍歴職人が手にした鈴を鳴らしつつ、黙々と道をたどっている。頭にスカーフを巻き、ゴムの長靴を履いた女が、広場を横切っていく。じょうろを重たげに下げ、しおれた、というよりは腐りかけた花束を抱いているが、その花束を舞台のむこうに弧を描くように高くほうり投げる。

つぎの瞬間、まったく別方向からいまの女とほぼおなじなりをした、いかにもの老女が出てくる。手には鎌、粗朶《そだ》の束、森で採ったキノコがあふれんばかりに入った籠。何者とも定めがたいがほぼおなじなりをした三人目の女、別の場所からやってくる。手ぶらで、背中も首もひどく曲がり、顔は地面にくっつきそうなほど。歩きつづけてはいるのだが、ほとんど前進しない。そのうち背後から別のハイカーが迫ってくる。道が狭すぎて追い越せないかのように、ハイカーはしだいにのろのろ歩きになるが、視線はたえず遠くを指していて、目の前に迫った老女には目をくれもしない。おなじところで足踏みしているようなふたりの反対側から、一服しに来たといったふうのコック、ぶらりと出てくる。二くち、三くち、つかのま煙草をふかしたあと、たちまち視野から消える。

別の男、肩に漁網をかついで、苦しそうに角を曲がってくる。一方ハイカーは、去りぎわに飛んできてシャツに止まった虫をつまみあげ、光にかざし、飛んでいけとばかり空にむかって放つ。

先刻鳴った雷鳴、ふたたび鳴りわたる。

と、女がひとり、広場を走り抜け、やがて取りこんだばかりの乱雑な洗濯物の山をかかえて、駆け戻ってくる。

大股の横柄そうな男、なにごともなかったかのように腰と肩を揺すりながら、この広場の主《ぬし》といったていで、ぶらぶらと歩く。ぴったりうしろをいわばこの広場の道化、まず広場の主の猿まねをし、つづいて男と腕を組み、つぎに男と脚まで組み——一本脚で男のそばをぴょこぴょこと跳びはねる——しまいには犬よろしく四つん這いになってきゃんきゃんと吠えたて、男の周りをまわる。広場の主は広場に自分しかいないと思っており、点検に歩きまわるあいだ道化にはまったく気づかない。

その間、別の場所を移動式の台に載せられた立像が移動していく。さらに別の場所では通りかかったひとりの人物が、左右から鳴りだしたサイレンの音に両手で耳をふさぐ。サイレンはしだいに大きくなり、警報のように鳴りわたる（がすぐぴたりとおさまる）。

この場面を、鳥刺しの籠をしょった羽毛の服のいでたちのパパゲーノ、亡霊のごとくにさっとかすめ過ぎる。

パパゲーノへの視線をさえぎるかたちで、斧や鋸をかついで仕事にむかう木こりらしき少人数の一団。

そのあとを若い女が目をかっと剝き、口に手をあてながら興奮状態で舞台を走り回り、やがて手を下ろして、声にならぬ叫びをあげる。彼女を取り囲むように、昼下がりの雀たちの鳴き声、夏らしい燕の飛び交う音、似たような鳥の鳴き声。

ボールを持った男、女とせかせかとすれ違う。つづいて首からひとつのカメラをぶらさげ、もうひとつを手に構えた日本人があらわれるが、すれ違う者たちには目もくれず、広場だけに目を奪われている。声を殺して泣きながら退場する女、今回は体の前に帆を上げて走ってくるローラースケートの男、先ほどのコックにかわり同様に煙草を吸いにきてすぐに去る介護士らの姿もろとも、日本人は広場をそそくさと写真におさめると、先を急ぐ合図をうけて、慌ただしくもと来た方向へ駆け戻る。

舞台前、舞台奥をうなじを垂れたふたりの人物が歩いていく。目をひく特徴はなにもないが、なにか用事のありそうな歩み。

間。


広場はひと気がなく、まばゆい光がさしている。

ざわざわという音が起こり、しだいに大きくなって轟音となり、あたりに鳴りわたるが、ほどなくして鎮まる。

目隠しをした男または女、路地のひとつから出てきて、小さい円を描きながら手探りで進み、またすぐ姿を消す。

頭のてっぺんに忘れ物のように一枚の羽根をつけた男、眉の上に小手をかざしながら通りすぎる。反対側からやってくる男は、どうやらたったいま包帯を巻いたらしい自分の片手に目を釘付けにしたまま。

別々の方向から出てきたランナーがふたり、ドタドタと足音も高く、たがいに離れてあたりかまわず走り回る。すれ違いざま体が触れそうになるが、たがいに挨拶もしなければ、合図もしない。

これに対し、自転車に乗ってやってきたふたりの郵便配達夫は、すれ違いざま挨拶や合図を交わす。おなじく制服姿のパトロール巡査ふたりも。またおなじく、ひとりの男とひとりの女、目立たぬように、人目を忍ぶようにして、すれ違いざま合図をかわす。

男が一艘の軽くて青い小舟を引っぱって、いっとき広場を横切っていく。なかから垣間見えるのは、ミイラを思わせる白い人影。

ひまな店の主人《あるじ》といったていの男、舞台そでからあらわれ、しばらく姿をみせているが、またひっこむ。

ハイカーの小グループが対角線上を横切る。先頭集団、つづく中心集団、そして数人の遅れている者、というありがちな順で、遅い者たちはうなじを垂れ、足取りも重く、舞台外から指笛の合図があってもいっこうに足を速めない。退場まぎわにひとりは立ち止まりさえして、天を仰ぎ、さまざまな鳥が空を飛ぶ道筋を手で描いている。そして歩きながら、バタバタと服をあおいで、服の下から体に風を送る。

その間に先刻の美女、あるいは別の美女が、しずしずと通りすぎる。広場の道化、その美女と腕を組み、得意げに顔を輝かして、足を引きずったり跳びはねたりとんぼ返りをしたりして、隣をついて行く。結いあげた髪からハイヒールの先っぽまで飾ったミラー仕様のアクセサリーがきらきらと輝いて、歩む美女はまぶしい光を放ち、ときおり手にした巨大な木の葉を扇子のように使って、葉に開いている穴から周囲にちらり、ちらりと視線を投げる。道化は輪になった周囲の人々に投げキスをする。その人垣から、黒ずくめの尼僧が一歩前に進みでる。顔は見えず、片手にプラスチックのトランクを、もう片手に紐で縛った包みを持っているが、ふたりに背をむけ、どこへともなく立ち去ってしまう。

その後しばらくは何者とも分からない人物が何人か、なにかの活動からつぎの活動に移る途上でふたたび広場をうめている。

一本の木を運ぶ男。

下水道作業員のヘルメットをかぶった男が地下からあらわれ、ふたたびおなじように消える。

掘り割りか窪地の底にいたかのように、後方、やはり地下から、一組のカップルが姿をあらわす。かなり長い間そこにいっしょにいた様子。広場の光を浴びてかたく抱きあいつつ、しだいに大きくなっていく螺旋形を描いて、しきりにあたりを窺いながらゆっくりと去っていく。

いかにもギャングという風采の男、手ぶらで、両手の指をもてあそびながら先ほどちらりと登場していたが、いま足早に戻ってきたところは、両手にそれぞれ大きなスーパーの袋を下げており、中から野菜がのぞいている。

やはり急ぎ足で、縛られた男が通っていく。男ははだし、何とも定めがたい平服の人物ふたりに付き添われている。

縛られた男、通りすぎる短いまにきょろきょろと周りを見回して、自分に注目している者がいないかとさがすが、先ほどの美女、ないしはまた別の美女がすぐあとをやってきて、歩くにつれて周囲の目を一身に引きつけてしまう。こんどの美女は足取りが重く、腹がひどく前にせり出しているところからすると、出産まぢかの妊婦で、連れもなく、一通の手紙を手にして、歩きながらその手紙に切手を貼っている。

やがてあたりの老若男女、群れをなして美女のあとをついていく。人々も各種の郵便物を手に、ひっくり返したり、文面を書きはじめたり、封をしたり、もういちど読み返したり、葉書をじっと眺めたりなどしながら四方八方から集まってきて、広場のかなたにある目に見えない中心めがけて進んでいく。男がひとり、手ぶらで戻ってきて、どこかへ姿を消す。女がひとり、路地に入っていく。さらに男がもうひとり、間をおかず戻ってきて、後方の地下に姿を消す。

そうこうするうちにどこからか丸裸同然の男、ストリーキングをして駆け抜け、一方舞台前では、つなぎ姿の男が黙々と歩んでいる。男は腰に太い綱を巻きつけ、船員用のズック袋を肩にかついでいるが、登場すると同時に肩から袋を下ろす。その中には巨大な地球儀がひとつ入っていて、男が歩くにつれ袋の中から光を放ちはじめる。男は昂奮した調子でわけのわからないことをしゃべり、その声がやがてぶつぶつとした呟きに、そしてささやき声になって消えていくと、またあらたにしゃべりだす。

狩人がふたり、緑の枝で作った担架にもうひとりの狩人を載せて通りすぎる。

歩いているふたり。ひとりはあてどなくぶらつき、もうひとりは目的地をめざして進んでいくが、途中、あてもなく歩いていたひとりがはたと行き先を見つけ、一方そのうしろで目的地をさして歩いていた者は、にわかに行き先を失ってしまう。

ふたたびざわざわという音。

ウェイターがつかのまあらわれ、バケツから氷のキューブを広場にばらばらと投げ捨てる。

間。


まばゆい光のさすがらんとした広場。

高所から夏の木の葉らしき葉が一枚、はらはらと舞い落ちる。

一発の銃声、そのこだまが幾度もつづく。

ひとりの男、眼鏡屋にあるような不格好な検眼用のフレームをかけて広場にあらわれ、見え方を確かめてから、ふたたび立ち去る。

別の場所をひとりの女、早穫りの林檎の入った買い物かごをぶらさげて横切っていき、歩きながらそのひとつを取ってかじる。

先の(あるいは別の?)広場の管理人、角を曲がってちらりと顔を見せ、ホースで地面に水を撒く。

日傘を高く掲げた人物に率いられて、旅行者の一団が登場。腰の曲がった田舎の人たちで、地味な色ながらめかしこみ、大半が老人である。全員がぴたりと立ち止まったかと思うと、広場にさす光を目にしただけでいっせいに感嘆の叫びをあげる。そしてめいめいが曲がった腰でのろのろと向きをかえ、ガイドが無言で見守るなか、口を閉じたまま、こんどはガイドにむけたかのようにして、もう一度声をそろえ、大きく感嘆のウームをもらしながら退場する。

ふたたび遠くから男と女が反対方向から近づいてくる。男はたちまち下をむくが、女のほうは頭を上げたまま。すれ違うまぎわ、男はにわかに仰向いて女の顔をのぞきこむが、一瞬早く、女はそっぽをむいてしまう。

ふたりの美女——スポーツの競歩選手——がそれにふさわしい恰好で闊歩してくるが、たちまちのうちに去る。

かけだしの現代的なビジネスウーマン、中が透けて見え、入っている品物のシルエットがわかる鞄を手に登場。歩きながら束になった書類に目を通し、同時に携帯電話のアンテナを伸ばして手につかむが、携帯はするりと手から落ちてしまう。拾おうとしてしぶしぶ腰をかがめたところで鞄のふたがはじけて中身が飛びだし、女はカッカしながら落ちたものをぞんざいに拾い集めて入れるが、数歩進んだところでつんのめる。と、女はそこで突拍子もなく、なんとも説明のつかない笑みをにやりと浮かべる。ふたたび書類に没頭するうちに、にやにやはだんだん大きくなり、こんどこそほんとうにつんのめってころびそうになるが、痛みと怒りの入り交じった叫びをひと声あげたあと、にやにやを高笑いにかえながら退場する。

ふたたびひとりのハイカー、片手に帽子、片手に本、頭をふかく垂れ、黙々と歩いている。そこへ別の二人組のランナーがドタドタと、広場を揺るがす足取りで駆けてくる。歩いている男を両側から挟みこむように追い抜きざま、本と帽子を男の手からすり取り、男をふり返りもせずに、かるく上下に体を揺すったあと、さっさと走り去ってしまう。ハイカーは仰々しくペッとつばを吐いて前屈みになり、ふたたび歩きだすが、つづいてやってきたランナーがふいに片手を上げて挨拶すると、男も反射的に手を上げて、挨拶を返す。

男がぶらぶらと散歩を続けているあいだ、背後ではひとりの測量士が測量機を据えつけている。レンズをのぞき、広場のむこうにいる姿の見えない同僚にむかって手を勢いよく左に、右にふり、親指をつきだして見せると、ふたたび広場から立ち去る。隅を一瞬かすめるだけだが、相当に高齢の男が、古色蒼然とした門鍵を手に姿をあらわす。

同様につかのま登場して引っこむのは、登山杖を握り、白髪の女を背に負って、足どり重く歩いていく男。これは先ほどの日本人と同一人物であるようにも見える。ほかにも、椰子の葉か羊歯の葉を持った少年。歩きながら野戦用の水筒から水を飲む二、三の人たち。十戒の石板を手にして、シナイから戻る途上のモーゼ。とぼとぼと歩いていたがいきなり気を付けの姿勢を取り、直立不動でかかとを打ちあわせる男。白や黒の長衣の礼装に身を包み、髪や肩から米粒を払い落としながら歩いている小集団。そしてまたしても美女。美女ははじめうしろ姿しか見えないが、やにわにわたしのほうに（！）くるりとふりむく。

おなじく唐突に、この光景のまっただ中、雑多な一団が広場に乱入する。はじめはタップダンスを踊り、めそめそ声やどら声、大泣き、震え声、金切り声などさまざまな声をあげつつ、地面を縦横に転げ回る。やがて気がつけば、人数は減っており、先刻から闘いあっていたふたりも姿を消して、ただひとり、断末魔の苦しみにさらされている人物だけが残されているが、その人物もとうとう息を引き取る。なにかの包みが転がり、闘いのあいだに落ちた品々や靴がまわりに散らばっている。

そそくさと近寄ってきた広場の道化、いまわの際の人物を最後の痙攣にいたるまで物まねする。

静寂。

白衣のコートのふたり、担架を持って走って登場、持ち物もろとも、手際よく死体を運び去る。

当初離れたところから人の死を目撃したカップル、抱きしめあい、はげしく求めあい、性交しながら、急ぎ足に去る。

なにも知らない脳天気な男、ぶらぶらと通りすぎる。


まばゆい光のさすなにもない広場。

ふたたびざわざわという音が広場を走る。秋の気配。

庭師が通りかかる。熊手をまるで王笏のように持って、干し草の入った袋から干し草をばらばらとこぼしながら、袋を引っ張っていく。

サーカス団の一部——呼びこみ係、出し物を知らせる女の子、軽業師とおぼしきしぐさをする男、肩に小猿をのせたピエロらしき男、こびと——が演技場を歩く要領で円を描いて広場を練り歩く。途中、付けたしのように広場の道化がくわわり、道化はいっとき自分の居場所を見つけたごとく同伴するが、すぐさままたひとりになって、あたりをほっつき回りつつ、退場する。

またもや美女、さっそうと舞台に登場。うしろをまた別の美女がつけてきて、足を速めたと思うやにわかに走りだし、前を行く美女の頭をはげしく一撃、たちまち脇の路地に駆け去る。最初の美女は頭を押さえて立ち止まる。

美女が凍りついたように立ちつくしているところへ、もうひとり、スキーのストックをつかいながら進んできたローラースケートの男がすり抜けざまにハンドバッグを奪い去り、その拍子に美女は独楽のようにくるくると回る。

まだ動けずに美女が立ちつくしているところへ、とがった黒い帽子をかぶって十九世紀の衣装をつけた人物がイーゼルを持って通りかかり、また牧羊神《パン》の仮面をつけた男が路地からちらりと姿を見せ、またふたりの人物がすれ違いざまにひとりからひとりへ足でたがいのボールをキックしてわたし、さらに老女がふたたび、ぼろぼろのプラスチックバッグがいっぱい入った、先ほどの（ただしギイギイと音を立てるようになった）買い物カートをうしろに引いて通り、さらにはるか舞台奥ではターザンが林間地の上高く飛び、男がひとり、朝のガウン姿でゴミバケツを持ってつかのま通りすぎ、郵便を出しにむかう先の男や女がふたたびちらりと姿を見せる。

男がひとり、こっそり美女のうしろから忍びよると、ひとっとび、両手でやんわりと美女の目をおおう。美女は男のほうをふりむきもせず、男は美女の脇と膝をかかえて抱き上げ、広場から連れ去る。

美女の口からふうっと大きなため息が漏れる。

通りすぎる男。むき出しの両腕には、ひじまでぎっしり時計がはめられている。

トランクや箱を携え、重たげな暗色の冬服を着た二、三人、色鮮やかな夏の衣服を着て軽やかにどこかへむかっていく二、三人とすれ違う。

両者の歩みは、あいだに走りこんできたゴムタイヤの電動台車によって一時止められる。台車には庇つきの帽子をかぶった男ふたりが乗り、棺桶を運搬している。そのうしろを広場の道化が胸の前で手を組みつつ、弔問客よろしくちょこまかとついてくる。

車が通り過ぎると、ふたつのグループのあいだで、先からの約束であるかのようにさっさと衣装と持ち物のとりかえがはじまり、それがすむと両者はそれぞれの方向に去っていく。

そのまにどこからか風に飛ばされたヴェールが漂ってき、直後をウェディングドレスを着た若い女が追いかけてくる。見るからに試着中だとわかるが、女はヴェールをさがし、見つけて立ち去る。

足音の忍びやかだったこれらの出入りのあいだ、広場周辺では、かけっこに興じる子どもたちの足音が歓声ともどもあらたにおこる。

ひとり（どんな人物でもよい）がもうひとり（どんな人物でもよい）とすれ違いざま、足を止める。相手も立ち止まり、たがいに顔を見つめあって相手を見さだめ、思い違いに気づくと、頭をふりながらそそくさと離れていくが、ふたたび足を止め、ふり返ってまたじっと見つめあい、頭をふりつつ、それぞれの道をたどる。

ふたりがまだ舞台にいるうちに、おなじように頭をふっている第三の男、たまたまのように別の場所にさしかかる。男はしだいに歩みをゆるめ、頭をふるのをやめて、今度はうなずきはじめる。と、また頭をふり、ついでまたうなずく。いずれも動作はしだいにゆっくりになり、ときにはひどく大仰になったりしながら、退場まで両方をおなじようにくり返す。

男はまったく注意を払わなかったが、このときらびやかな東洋風の室内着を着た老人、腕を光あるほうに伸ばして先を示しながら、ぼろぼろで泥だらけのなりをした、歩くのがやっとの若者を伴って広場を抜け、家路についている。老人が連れ戻したこの若者は、行方知れずになっていた放蕩息子で、はじめのうち一歩進んでまた一歩あとずさりしていたが、そこへ第三の、従者のなりをした男が腕に一匹の仔羊を抱いてあらわれ、ふたりを先導していく。

三人が路地に消えるか消えないうちに、眼鏡を頭の上までずりあげ、指で教科書らしきものをめくりながら広場の道化、あるいは広場の主が、いまの三人を熱心にまねながら（三人のどれかを少しずつ、つぎつぎとまねる）あとをついていく。さらにまた距離を置いて、木か厚紙でこしらえた、光あふれるこの広場の縮小立体模型をささげ持った男がついていく。ここにさらにもうひとり、片腕にマネキン人形を、別の腕に衣装をひとかかえ抱いた別の人物がくわわる。と思うまに、みなたちまち去ってしまう。

まばゆい光のさすひろびろした野外の広場。小島でもあるかのごとく、ときおり波が砕ける音がする。

アルプスマーモットの笛のような鳴き声、鷲の鳴き声。

あやしいほど短く、一匹の蟬の鳴き声。

柱を一本、ななめに載せた小型の荷車をひとりが引き、ひとりが押していく。男が女のあとをついていく。と、広場の背後でくるりと向きを変えたかのようにこんどは女が男のあとを追う。女が男の行く手をさえぎり、男がよけると、女は再度行く手をふさぐ。それでも男が通りすぎようとすると女は男のケープをつかみ、男は身をもぎ離して半裸で駆け去る。一方女は、どこからか登場して近寄ってきた別の男に、ふりむきもしないでその布きれを突きだす。するとこの新しく来た男は大股で最初の男のあとを追い、女もすぐあとを追いかける。途中、かくしゃくとした老人ハイカーの小集団とすれ違う。

同様に杖をついたひとり歩きの男の老人、この小集団とすれ違いざま、いきなりその杖でハイカーたちに襲いかかり、ハイカーも杖で防戦、フェンシングの試合になる。しまいにひとり歩きのほうが打ち勝って敵を敗走させ、ふたたび黙々と歩いていく。いっときのあいだ、広場を通るのは高齢の人たちばかりになる。しかもたえず一方向で、一方から登場して他方へ退場、ふたたび先ほどの側から登場、というぐあいに永遠の円を描く。あるときは行列の中に立っていて、わずかずつしか前に進まない人々として、あるときは移動中の裁判官たちとして、あるときは穀物の束や葡萄のつるのついた瓶、束ねたトウモロコシを両腕いっぱいに抱えて収穫感謝の行列をしている農夫たちとして、あるときはいかにもそれらしいなりの退役軍人たちとして、そして最後にはただのひとり歩きの老人たちとして。元気な者もいればそうでない者もおり、やがて一周分追い抜いたり、すれ違ったりする。そのうちにひとりだけ端のほうへそれていく者があり、ほかの者が回りつづけるなか、隅のほうでよろよろと重い足を引きずって歩く。別の老人はひとり離れてほかの端に行き、杖をついて立ちつくし、頭や腕や足を休めようと壁か縁をさがしているが、にわかにそこでわななきだす。表情のない顔はいっそう表情がなくなり、いっそう蒼白になるが、そのとき路地からひと声、子どもの叫び声がし、やんだかと思うと、またつんざくようにひと声響く。恐怖と悲痛の叫び声は、とたんに通行人でバタバタと出入りの激しくなった広場の音よりも大きく響く。通行人のなかには映画の撮影チームがさりげなく広場に散らばっており、見たところここが撮影場所とも思えないのに、広場にいる人も通りすぎていく人もしばらくはこのチームの人たちばかりになる。こうした急激な混乱と騒がしさのさなか、子どもの叫び声を伴奏に、地平線の向こうに老人たちの一団の最後のひとりが満月のような丸顔だけを見せながら遠ざかっていく。とはいえその動きはひじょうに緩慢なので、老人がしきりと首を伸ばしては、だれか自分を見つめている者がいないかと雑踏のほうをうかがっている様子がよくわかる。だがそのような人物は見つからなかった（あるいはいたとしても自分がさがしていた人物ではなかった）らしい。このエピソードはいくつかの短かめのエピソードにたちまちひきつがれる。ふいに若者だけが広場を横切り、方向転換し、すれ違う。あるいはふいに男だけになったり、ふいに女だけになったりする。

それから、男が女の、女が男のなりをして、めいめい勝手に駆けていく。走りながらひとりまたひとりと自分の女装（男装）の衣類の一部を落としてしまい、あわてて拾い集めては、ふたたび走り去る。

その間に若い男がひとり通りすぎていったが、ここで戻ってくる。歩き方ではなく、肌と髪の様子で老人になっているとわかる。まったく別の場所では――子どもの叫び声はとうにおさまっている――光を浴びながら、やはり東洋風の衣装をつけた若者ふたり、兄弟のような様子で散策しており、そのうちのひとりは鉤に一匹の大魚をぶらさげている。さらにまたまったく別の場所を、老父を背負ってトロイから逃げるアエネアスが広場を通っていく。手にした巻物が煙を上げ、燃えている。

間。

がらんとしてまぶしく輝いている広場。

舞台奥、こちらからは見えない一台のバイクのなじみの爆音。すぐつづいて、舞台上空を渡っていくプロペラ音。

そのあとふたたび円を描くようにざわざわという音。

またもやパパゲーノ、舞台の端を歩いていく。こんどは羽の衣装のかわりに貝で作った衣装を着ており、それがカチャカチャと音をたてる。背中の鳥籠はからっぽ、ふたは開けっぱなし。

何者ともわからない男、ゆったりしたマントの下に片手を入れ、パパゲーノのあとをつけてくる。パパゲーノはしきりに男をふり返る。男はパパゲーノの足跡をたどるように、カーブやジグザグをそのとおりに追っていく。

男があとをつけながら林檎をひとかじりし、そのマントの下から赤ちゃんのおむつの包みがのぞくと、貝男パパゲーノはようやく前をむき、ほっとしたように、楽しげにくるりと一回転してみせる。

と、この瞬間、男はするすると近寄り、パパゲーノをうしろ手にしばりあげると、おむつの包みでうなじを一撃、パパゲーノは地面にくずおれ、そのまま動かなくなる。男は音高く林檎をかじりつつ、おむつの包みをふりながら退場する。

倒れた男が痙攣する手に籠をにぎりつつ、アザラシのように這いくりながら男のあとを追っていくうち、ふたたびハイカーが舞台に登場。雨で泥を洗い流された木の切り株を、根っこ部分を上に頭に載せている。ぐるりと周囲をながめてから切り株を下ろし、根っこを椅子の脚がわりに、その上に腰をおろす。

男が地図をひろげていると、突如として数名の兵士が広場に飛びこんでくる。いっときドタドタと走り回っているが、そのうちに数が減り、再度おなじ方向からもう一度走り抜け、そしてしまいにひとりが脱走者になって、息もたえだえ、首を左右にふりながら、ひとりだけこの場にあらわれる。男は目的地に着いたというように思わず両手をひろげ、ゆっくりと一周すると、切り株に腰を下ろしていた男のそばにいって腰を下ろし、つづいて入ってきたふたつの小グループの行進をいわば閲兵するように手を上にあげる。ひと組はベドウィン・テントを引っ張っていく者たち、もうひと組はばらばらに割れた記念碑のかけらを手押し車にいれて運んでいく者たち。ハイカーはその間に靴を脱ぎ、小石や砂を中からふり落として、指のあいだから落とす。その間にふたたび妊婦、品物で満杯になったスーパーのカートを押して登場。こんどはそばに男が連れ添っており、ふたりは光を浴びながらおもむろに立ち止まると、絵に描いたような抱擁をする。――ただし女はその間にもカートを前後に動かしている。女が白い布で包んだ籠を頭に載せ、男が少し距離を置いてカートを押しながら退場するうちに、伸ばした両腕に建物の模型をささげ持った男、ふたたび得意げに舞台を横切っていく。こんどはからっぽの広場の縮小模型ではなく、人の背丈より大きい、伝統的な迷路の模型で、男は迷路の中を歩いているかのような歩き方をする。

男がジグザグに踊るような足取りで立ち去るうち、巻いた絨毯か長絨毯を持った男がふたたびあらわれる。だが絨毯を開いて広場全体にななめに転がしていくうち、これがじつは、黄色い粘土のわだちの跡があり、まん中を草が細長く生えている野中の道であることがわかる。最初のふたりの男は座り直すまえにすかさず手伝いに入り、道の端を足でしっかりと踏みつける。

運んできた男、一仕事終えると、ふたりから離れて道の端に腰を下ろし、あぐらをかく。
この道を最初にたどる者として、はやくもアブラハムとイサークが通りすぎる。アブラハムは息子の一歩あとを、息子の肩に手をかけて押すように歩み、背中に回したもう一方の手に犠牲のためのナイフを持っている。そのあとをだれとも定めがたいカップルがついてくるが、ふいに王と王妃に変身する。あとを来ていた〈老高利貸し〉が途中でいっときぴょん、ぴょんと両足跳びをし、かと思えばそのあとを来た「真昼の決闘」の主人公は、松葉杖をついて休み休み歩く男になり、ついで指を鳴らしてリズムを取る男に、ついで空中で指揮をする男に、ついで首をぐらぐらさせている男になり、さらに突如として小脇に挟んでいたノートを手にして、落ち着いた静かなものを書く人に変身し、と、ノートをまたしまって手品師になり、水晶球を手品で出すと、その水晶球は一瞬のうちに広場じゅうの光を中に収束してしまう。男はたちまち紙袋をぱんとはじけさせて、みずからこの手品を解く。

間。

光のさす広場。棒杭の上に腰を下ろしたり、道端にいる人々。

周囲から魚が跳ねとぶようなパシャンパシャンという音。ついで夏のミツバチの群れのようなブーンという音が空中にわき起こる。

セールスマンの鞄を持った男、あたふたと空き地に走りこんでくるが、とたんに急ぐのをやめ、ぶらぶらと脇のほうへ歩いていって、道端にいる男のそばへ行き、隣にしゃがみこむ。

イサークが無傷で戻ってくる。うしろを疲労困憊のていのアブラハム、手ぶらでついてくる。

ふたりが離れたところで横になり、父親が息子の膝に頭をあずけて休んでいるうちに、しきりに呼び声や叫び声がしてき、こちらからは見えないが、ふたたび子どもたちが通りすぎていくのがわかる。また男がひとり膝をついて近づいてき、やにわにぴょんと飛びあがると、埃を払い落としてから、どこかへ行って立つ。

またぞろ広場の道化、忍び足で登場、ひとりひとりを足の先から顔まで、じろじろと眺めてから、つま先歩きで奥のほうへ引っこむ。そのうち〈本の道化《むし》〉が登場、開いた本にしきりと光を送り、行ったり来たりする。その間、別の場所を、川の浅瀬からのぞいている石の上を伝い跳びするかのように、ひとりの男がぴょんぴょんと跳んでいき、岸辺に着いたかのように止まると、うしろをふり返る。さらに別の場所を、アイスクリームをなめなめ、一組の老夫婦がぶらぶらとやってくる。

つかのま、広場には歩いている人がひとりもいなくなり、全員が足を止め、なにかをするのをやめ、たたずみ、座り、横になっている。あとから来た者も同様、レスラーのようにつかみかかるチャンスを窺いながらぐるぐると回りつづけていた男ふたりも、にわかにおとなしくなって離れる。両腕を高く突きだした勝者のポーズで登場した男も、やにわに手を下ろす。胸にゼッケンをつけて走りこんできた男がいるが、男が足を止めるや、ゼッケンははらりと落ちる。死から甦った女がひとり、光のなかに一歩踏みだし、とんぼ返りをし、やがてほかの者たちのあいだに交じって目立たなくなる。肩と帽子に雪を載せた男、退場まぎわになって足を止め、意を決して広場中央へむかう。帽子をとり、雪を払い、しだいに歩幅の小さい、静かな歩みになっていく。

最後に青い徒弟服を着た人物がよろよろとこの場面に登場する。車輪を転がし――いや、これはシャルトル大聖堂の青色ガラスを使った、光を幾重にも散乱させる薔薇窓ではないか？――途中でふいに取って返し、車輪を持たずにまた戻ってきて、ほかの人たちの間に自分の居場所をさがすが、どうしても見つからない。〈居場所が見つからない〉という状況はドラマチックに高まるが、しまいに広場の道化、またの名を広場の主、またの名を広場のパトロンが、男にあっさり場所を示す（座ってみると、その男ほどそこに座るのがぴったりの男はいなかったことがわかる）。道化は仮面をはずし、だれとも判別できなくなって、ほかの人々の間に交じる。

間。

なじみのまばゆい光のさす広場。そこに広く、ある者はぽつんと離れ、ある者は身を寄せあって、横たわり、立ち、腰を下ろし、あるいは玉座について、主要人物たちが顔をそろえている。

ざわざわ、あるいはごうごういう音がふたたび円を描くように起こり、つづいて湖が凍るときのようなピシッという音がななめ後ろへ走る。さらにコオロギの単調な鳴き声、やがて静寂。

ひとしきりつぎのようなことが起こる。全員がいっせいにおなじように身をすくませる。同時に全員の体に恐怖が走る。もう一度、さらにまたもう一度。ついで驚きに跳びあがり、さらにびくりと体を痙攣させる。

ひとりの男、自分のほおを打つ。

ひとりの男、ひとりの女に膝に乗れとさそい、女はすぐにその膝に乗る。

ひとりの男、コートを裏返し、晴れ着にする。

ひとりの男、別の男の靴を磨き、ひとりの男、支えを求めてひとりの女に寄りかかり、ひとりの男、地面をはげしくかきむしる。

なにかを待っているらしき男、そばにもうひとり男が来ていっしょに待つことになり、そこに第三の男がくわわって、待っているふたりのまねをする。

ひとりの男とひとりの女、手をたがいの性器の上に置きあう。

ひとりの男、頭髪の束を切り取り、ひとりの男、歩きながら羽織っていた衣装を破りとり、ひとりの男、靴に着いていた犬の糞を足を動かして取り、ひとりの女、別の女にむかって鍵を放り投げ、女はその鍵を持って両足跳びをこころみる。

ひとりの男、通りすぎざま別の男をつねる。

ひとりの男、腹這いになり、耳を地面につけ、ついで反対側の耳をつける。

ひとりの男、どうやら待つのをあきらめ、脇へ行こうとしたところを、別の男に元の場所に連れ戻される。

ひとりの男、身をかがめ、やがて四つん這いになって、なにかをさがしている。別の男がいっしょにさがし、同様にまた別の男がくわわり、先のふたりの邪魔をし、するとまったく別のところで別の男がさがしはじめる。そのうち最初にさがしはじめた男、もともとさがしていたものではないが、なにかをいくつか見つけ、光にかざしている。いっしょにさがしていた男たちのひとりも、とうになくしたと思っていたものを見つけ、その品に口づけて胸に抱きしめる。

ひとりの男、横になっていた別の男のひたいに野戦用水筒の水をかける。

ペール・ギュント、行ったり来たりしながら、拾ったタマネギを一皮一皮むいている。

広場の人々はしだいにたがいを見つめあうようになる、いや、そうではなく、見守るようになる。たとえば突如半狂乱になり、どなり声を上げ、めくら滅法走り回っていた男が、唐突にしゃくりあげて泣きはじめた女が、悲しげに口笛を吹いていた男が、ただ見守られることによって、なだめられていく。見守る行為をする者は、同時に近づいていく。

また、以下のようなことも起こる。全員がただ単にそこにいる。ある者はじっと見つめ、ある者は耳をすまし、そしてたがいがたがいを見守りつつ、それぞれ相手に変身していく。それは広場全体に広がっていく。

男がなにかの目じるしをもって、列のなかを歩いていく。はじめは花、ついで本、ついで写真を出してみるが、周囲は首を横に振るばかり。ふいに足を止めるが、またしてもかぶりを振られる。が、ついにどこからか突然、声のないイエス《はい》、ふたりはぎこちなく抱きあう。

いっしょにさがしものを続けていたふたり、やはりぎこちなく頭と頭をぶつけあう。ひとりがぎこちなく地面からもうひとりを抱き上げ、息がつまって口をパクパクさせているその男ともども、口をパクパクさせながら、円を描く。ひとりの女が抱かれている男をぎこちなく撫で、男にむかって、グロテスクなしかめっ面をする。

またしても、全員がただそこにいるだけ。ただだんだんみなが目を細めていく。

鴉の鳴き声、犬の鳴き声、そこに怒りを含んだような鈍いとどろきがまじる。

広場の空高く、嵐がおこり、パリパリッという音につづき雷鳴がとどろくが、下の人々はまったく動じない。

すると舞台の周辺で、あるところからは子どもの、あるところからは象の、あるところからは豚の、犬の、犀の、雄牛の、驢馬の、鯨の、恐竜の、猫の、針鼠の、亀の、ミミズの、虎の、海獣《レビヤタン》の切り裂くような悲鳴と絶叫がおこる。

それからは衣服の、髪の、目の、さまざまな色だけがわき起こる。ひとりの男、そのさい別の男をじっと見つめる。

ふたりが両手をたがいの脇の下にはさんで温めあっている。ひとりの男、むこうからやってくる男が自身の分身《ドッペルゲンガー》であることに気づいて、ぎくりとする。ひとりの男、自分を見つめてくれる人を血まなこでさがし、見つけると、自分の心境を演じることができるようになる。ひとりの男、ゆっくりと落ちてくる葉の一枚一枚を追いかけ、葉が体にふれるたびにびくりとふるえる。

全員がいっしょになって、広場のまん中で肉体《からだ》を組み上げて大階段を作る。いちばん上で横になっていた者がにわかに体を起こし、しずしずと階段を降りてくると、人々の足元の地下から鐘の音がしてくる。かすかなその音はあるときは金属的に、あるときは朗々と、あるときは遠く、あるときは近く、あるときは清らかに、あるときはひずんだ音で響き、すると全員がいっせいに跳ね上がり、身をかがめ、両腿に手を置いてその鐘に耳を澄ます。ひとりはうっとりと、ひとりはうんざりした様子で、ひとりは面白そうに、ひとりは苦しみながら。

鐘がとよもすなか、広場の背後からアフリカの色鮮やかな衣装を着た人がふたり、オールだけが見えていて客席からは見えないボートを漕いで、上半身だけを見せつつやって来る。停止すると、黙ったまま、大きな身ぶりで舟に乗れと誘う。

ほぼ全員がつぎつぎと反射的にそちらに行きかけるが、けっきょく従う者はいない。

ふたりはボートを漕いで去る。その間、鐘の音は海中からとよもしつづける。

ぎりぎりになって、青い徒弟服を着た男が駆けだしてふたりのあとを追うが、ひとりの男が徒弟服の男の足をひっかけたため、大きな音を立ててあやうくころびそうになる。

鐘の音《ね》がやみ、夢は終わる。

ひとりの男が手でかるく合図して去る。つづいてもうひとり、やがてみなが去っていく。


間。

広場、光、シルエット。

目をかっと見ひらいているひどく老いた男。しだいにほかの者たちも老翁に注目するようになり、近よったり、遠くから眺めていたりする。

老翁、ふいにぐるりを見わたし、にっこりとほほえむ。

静寂。

老翁、話しはじめようとするかに見える。勢いをつけ、両手をリズミカルに動かし、両腕を空にむかって突きだし、肩を揺すり、頭をふり動かし、音のないまま唇を動かしかけ、小鼻を膨らませ、眉を反らせ、ときおり腰さえ振って、スピーチの流れをやってみせる。

いちばん遠くにいる者すら気がつく。

見物している者の何人かはすでに老翁のいうことがわかっているらしく、うなずき、再度うなずき、いっしょに口を動かす。老翁はいわば助走としてモゴモゴと声を上げ、音の高さを変えてもう一度、さらにもう一度声を上げる。

老翁、話しだすまえに一瞬口をつぐんだ、というていで、ふいに押し黙る。ところが、それきり口をつぐみ、表情を失い、衆目のなか、そのままたたずむ。

ひとりの女、新生児のおくるみを抱いて近づき、老翁の伸ばした両腕にあずける。老翁は児《こ》に目をやり、天を仰いで、きれぎれに、高々と、言葉のない歓喜の声を上げる。すると見物人の誰彼が、一文一文を追いながら聞いているかのごとく、何度もうなずきあう。何人かははやくも動きはじめ、老翁にうなずきかけつつ、そばを通りすぎていく。

だがみんなが大きな弧を描いて移動しはじめるのは、老翁が広場の中心でパンパンと一度、さらにもう一度、手をたたいてからである。老翁はさらに何度か、きれぎれに歓呼の声をもらしながら、腕に抱いた赤ん坊ともども出発の列にくわわる。そのあいだおくるみからは、取り残された鳥のひなのようなピーピーという鳴き声がしきりとし、しだいに高まっていくその声に、ふたたびざわざわという音がくわわる。その前にやはり高齢の老女、老翁に力を与えるかのようにこめかみをマッサージしてやっている。

このあとはあれよあれよのうちに進む。お別れにとサヴァンナの草の上をもう一度歩いていく男のすぐ背後で、野道がすでに巻き上げられていく。切り株もひっくり返され、通りすぎていく人々の手や足でつぎつぎに転がされながら舞台裏に消える。肩ごしにふり返り、舞台そででいま一度ためらった男は、後続の者に尻を蹴られて先を急がせられる。落ちている葉をいそいで拾おうとしている者は、小走りになりながらその動作をする。足枷のようななにかが足にまとわりついてしまった男は、そのままの恰好でいっそう足を速める。

人々があちこちに散っていくなか、以下のことがまざまざと見てとれる。すなわち、ある者は失望から怒り、舌を出し、つばを吐いて退場する。ある者は期待はずれをかえって喜び、肩をすくめつつ去る。何人かは夢の世界をのがれたことにむしろ安堵をおぼえ、別の何人かはまだ夢を追いかけつづけるように、ふらふらと去る。ある者はわっと泣きだし、ある者はからからと笑う。ある者は出発にあたって地面にキスをし、ある者は出発にあたって回転競技《スラローム》のスタート前のように進路を空中に描く。ある者は一直線に歩み、ある者は準備万端の重量挙げの選手のように両手をひろげて自分の荷物を持ち上げて、早々に立ち去る。ばらばらに散っていく人たちのひとりひとり、夏めいてひらひらと揺れる服装、それらに吹きつける紙切れやプラスチック袋、煤煙もまたくっきりと見てとれる――そのあいだ、この広場のかなた、ほかのいくつかの広場のかなたのどことも知れないところから、消防車の音がはじまり、幾重にもかさなり、やがて消えていく。

間。


記憶の光に涵《ひた》されたまばゆいがらんとした広場。

つかのま、一匹の蝶（または蛾）。

なにか紐で縛ったもの、ミニチュアパラシュートにぶらさがってふわふわと漂ってくる。

そのあとを追って、広場の主、またの名を広場の掃除人、荷車を引きながらやってくる。荷車の上では市場の屋台につかう支柱の山がガラガラと音を立て、となりにゴミ容器が置かれている。男は片手に持った枝ぼうきで地面に落ちているものを一部は前へ掃きだし（落下傘についていた品も）、一部はほうきをひっくり返して、尖った先端に果物（巨大なイチゴ）や、鳥の死骸や、ボロボロになった本や、魚の頭を突き刺し、バケツの端に滑らせて中へ落とす。掃きながら、しばし立ち止まり、ほうきで自分の靴も履いてしまう。

その間に舞台前ではふたたび美女が広場を通りすぎる。そのあいだじゅう、もの思わしげなほほえみを終始わざとらしく浮かべており、ずり落ちた靴下を歩きながら直すときにすらほほえみを絶やさない。と、舞台奥を梯子を持った男が通っていくが、その歩き方があまりに優美なので、美女は梯子にお株をとられたかたち。そんななか、ふいにまた酔っぱらい、ないしは怪我をしているひとりの男、ひどく長い靴ひもを結びもせず、もつれた足でふらふらとやってくる。本を開いている男がふたたび円を描いて通りすぎ、その隣をいっしょにその本を読み、頁を繰りつつもうひとりが歩いていく。別の場所を数人、棒の先に案山子をつけて歩き去る。この案山子は、だれかの形代《かたしろ》としてたったいま火刑に処されたもの。

昼日なかに梟の鳴き声。歩きながら声もなく静かに泣いていた男、しばらくするとめそめそと声をあげて泣き、腕をふり回す。意気消沈したていの男、歩くうちにしだいに悩みを募らせていく様子だが、最後には解き放たれたような笑みを浮かべて進みだす。股に木の大枝をはさんだ男、登場と退場をくり返す。橋の立体模型を持った男、その橋を広場とくらべている。輿《こし》に乗った死神が運ばれていく。狩人、〈白雪姫の心臓〉を草の葉に包んで運んでいく。長靴を履いた猫、気取ったていで通りすぎる。紙の燃えがらが空から舞い降りてくる。クリーニング屋から取ってきた、ビニールカバーのかかった衣服を持って通る女。ゴム長靴姿で家路をたどる羊飼い。向日葵の花を手にして歩く男。通り抜けがてら、手にした鍵束を大きな弧を描いて投げ捨てる女。ハシバミの木で作った杖をつく美女。はげしい息切れの音がし、ついでひどく小柄なランナーが走り抜けていく。飾りをつけた門扉が搬送される。将軍が子どもの靴をさげ持っていく。星図を持つ男。鼻の上に厚紙を折りたたんだものをくっつけている男。広場の主ないし広場の監視人、ふたたび荷車を押してくるが、そこに乗っているのは、ほうきとスコップを王笏がわりに、玉座についているかのごとき広場の道化だ。カヌーを頭に載せている男。目隠しをされ処刑場に引いていかれる男。巨大な料理メニューを手に出たり入ったりする女、買い物袋から小さな子どもが顔を出している難民一家。遺産を残してくれそうな伯母のお供をしている、遺産横領をたくらむ女。足の悪い男に綱を引かれている足の悪い犬。長いイヴニングドレスに身を包んだフェスティバル参加者の一団、頭を昂然と上げて通りすぎる。走りながら両足跳びをする上機嫌のランナー。通りすぎながらトランプを広げて見せるカードプレーヤー。歩きながら目にも止まらぬ速さでなにかを交換するふたり。人形と仮面がぎっしりと載った荷車が引かれていく。乗り物からいっしょに降り立ったグループ、めいめい勝手に足早に散っていく。人を寄せつけない雰囲気の美女、歩いていくうちに愛想がよくなる。若い男、老人の持っていた蠟燭の火を吹き消す。灯台守、大股で通りすぎる。手錠をぶらぶらさせ、警棒をもったパトロール警官。ハイカーが、音の聞こえるほど厚く積もった葉の上を歩いていく。裂け目の入った棒に蛇を巻きつかせて持っている老人。ポルトガル女があらわれる。マルセイユの少女が港の河岸を歩く。ヘルツェリアのユダヤ女がガスマスクを路地に投げる。モンゴル女が一羽の鷹とともに歩む。トレドの守護聖女、ライオンの皮を引きずっていく。

ついに全員が入り乱れ、たえずあちこちを行き交うようになる。——ふたたびひとりがつかのまウェイターになり、灰皿の灰を広場に空ける。ひとりの女、シャンパングラスの載ったお盆を持って路地から出てきて、ぶらぶらと別の路地に消える。ふたたびエピソード的に、ひまそうなビジネスマンないしは天気予報係が進み出、天を仰ぎ見る。チャップリン、ぶらぶらとさりげなく通りすぎる——しだいにどの人物も、どこかへむかって、腕をふりふり、ただ歩くだけの人になり、あれこれとさまざまな歩き方を演じる（その間、ひとりのランナーが走るリズムにあわせてぜいぜいと息を切らしながら走っていく。伸ばした片手には粘土の子ども像がある）。一瞬、歩行者の全員が同時に乗り物で運ばれているような感覚がおこる。

ここで観客その一、下の観客席からがばりと起きあがって、移動にくわわるが、サッカーフィールドに迷いこんだ犬か兎のように舞台をしばらくうろうろ歩き回り、逃げ戻ってしまう。

すると観客その二、弧を描きながらこの場面に躍り出、いっしょに行こうとこころみるが、洗濯物をいっぱい干した竿を持って広場に入ってきた女ふたり（他の者たちはたくみに身をかわす）にたちまちはばまれ、立ちどまってしまう。

そのときすでに第三の観客が広場《プラトー》に姿をあらわし、するりとうまく入りこんで、ひっきりなしの人の流れの中にごく自然に乗っていく。

いつまでも行き交う人々。

やがて広場は暗くなる。

終

解題

広場の叙事詩——そしてハントケの軌跡

池田信雄

登場人物のだれもが一言も台詞を発しないこの無言劇『私たちがたがいをなにも知らなかった時』（一九九二年）の主人公は誰かと問われれば、広場だと答えるしかない。広場が主人公とは、ずいぶん突飛だが、考えてみればヨーロッパでは広場（アゴラ）は劇場の原型なのだから、そうするとこれは劇場の起源についての劇ということになり、なんとなく納得がゆく。

日本には元々広場の伝統はないが、それでも寺社の門前とか、橋のたもととか、多種多様な人が通り過ぎ、時には足を止め、もの売りの声に耳傾け、辻説法を聞き、果たし合いや、公開処刑に、さらには芸人たちの演し物に見物として熱中することのできる空間はあった。要するに、人びとのハレとケの生活全般を受け入れる空間が「広場」なのである。

「広場」の一角に腰を下ろして、コーヒーやワインをちびちび味わいながら、ゆったりとした時を過ごすのはヨーロッパへ旅したときの楽しみだが、一口に広場と言っても千差万別だ。菩提樹の木の下で噴水がのどかな水音を立てているだけの田舎町の小さな広場から、トリエステやヴェネチアやリスボンやオステンデなどの海港に面した広場、ウイーンやケルンやフライブルクやストラスブールの大聖堂前の聖なる広場、シエナやベルリンやコルドバなどの古い市庁舎前の公的広場、どの町にもある郊外の農家の人たちが野菜や花を売る市の立つ広場があるし、ロンドンのトラファルガーやパリのアンバリッド前のような交通の要衝である巨大な広場もある。

ハントケがここで描いているのは、ではいったいどのような広場なのだろう。一応はパリ近郊の彼が住むヴェリジー台地のマユ・ショッピングセンターまえの広場に献辞が捧げられているからには、特定の広場がモデルにされているのだろうし、カモメの鳴き声が聞こえることからすると、セーヌ川が近いとも思われる。しかし、天気の変わりやすさやいつもさしているまばゆい光は、近くに高い山のある、たとえば作家の故郷に近いオーストリアの古都クラーゲンフルトの広場を連想させる。そういえばト書きにも「コクマルガラスの甲高い鳴き声、高山のよう」とある(十六頁)。要するにありとあらゆる広場の特徴をとりそなえた抽象的な場所と考えるべきだろう。ハントケは、さまざまなタイプの人間を一筆書きのイメージに描き、彼らに息を吹き込んで、次々と登場させる。冒頭に「舞台はまばゆい光のさすひろびろした野外の広場」とあるように、最初はがらんとした人気のない広大な空間が想定されている。そのまっさらな空間を、活発な人の行き来が、広場へと作り変える。そして次々に現れる人間たちがその広場をまずは現代の都市の広場に変える。何度か広場から人影が消えるが、その空隙が幕間のような役割を果たしている。そしてその幕間が繰り返されるにつれて、この広場にこの世ならぬ人物、架空の人物が現れ始める。イサークとアブラハム、モーツアルトの『魔笛』の登場人物パパゲーノ、ペールギュント、死神、白雪姫の心臓を持つ狩人等々。そしてさらには永遠にさすらい続ける叙事詩人（これはハントケがシナリオを書いた『ベルリン天使の詩』ではホメーロスと呼ばれていた）らしい老翁も姿を見せる。そういった不思議な人物たちの登場とともに、広場は時として広場以前の往還に、また往還ができる前の獣道のようなものに変貌したりもする。

人々は矢継ぎ早に現れては消える。まるで広場の上空をかすめすぎる雲が落とす陰が、むくむくと起き上がり人影となって歩き出すかのよう。この無言劇も、『ベルリン天使の詩』同様、上空からの視点と、叙事詩人の同平面からの視点が交差するところに成立していると思われる。

違いはただ、だれもが何もしゃべらないこと、つまり舞台上の空間も動きも耳にではなくもっぱら目に合わせて作り上げられているという点だ。しかしその動いてゆく体はまるでコンピューターのCGのように言葉から構成された肉体、あるいは、耳なし芳一のように体中にびっしり言葉を書き込まれた肉体なのである。

最後には三人の観客が舞台に上る。最初の二人は架空の広場に入りきれずにとまどうが最後の一人は、登場人物の一人となってスムースに歩き始める。そうするうちにあれほどさんさんと光のさしていた広場が暗くなって幕が下りる。

ハントケの精妙な語りによる新しい叙事空間創出の試みである。初演はハントケのデビュー作『観客罵倒』（一九六六年）をも手がけたクラウス・パイマンによりウイーンのブルク劇場で行われた。また日本での初演は、二〇〇五年六月東京世田谷のシアタートラムでこの鈴木仁子訳を用い演出山元清多によるドラマ・リーディングの形で行われた。

作家ペーター・ハントケ

ハントケは一九四二年にオーストリアの南東部、現在ではスロヴェニアに国境を接するケルンテン州グリフェンに生を受けた。第二次大戦後短期間だが幼児期をベルリンの東地区で過ごす。グラーツ大学在学中の一九六六年に小説『雀蜂』と戯曲『観客罵倒』で彗星のような作家デビューを遂げた。弱冠二十三才の青年は同じ年、米国プリンストンで開かれたドイツ戦後派の作家グループ「グルッペ四七」の集会で既成作家たちを「痛罵」して衝撃を与えた。名作戯曲『カスパー』の執筆はその翌年の一九六七年のことである。それ以後今日まで、ほぼ毎年一冊のペースで、中、長編小説を発表するかたわら、戯曲、エッセー、映画台本を執筆している。一九七〇年代に入ると、ドイツ語圏を超えて彼の作家としての地位は不動のものとなる。ヴィム・ヴェンダースと組んでの『まわり道』（七四年）や『ベルリン、天使の詩』（八七年）の台本執筆など、映画活動は日本でも比較的よく知られている。六四年からはドイツのデュッセルドルフに、七〇年からは主にパリに住む。七九年から八七年までオーストリアのザルツブルクに住んだが、それ以後再びパリの近郊、『私たちがたがいをなにも知らなかった時』の献辞に出てくるヴェリジー台地の町シャヴィーユに住んでいる。

ハントケは、ヴィトゲンシュタインを生んだ国の作家にふさわしく出発時は言語批判を意識した実験的手法の前衛作家だったが、七〇年にパリに移って以後、明らかな転回があった。言語への関心はそのままに、批判的分析的文体から肯定的総合的文体への移行を遂げたのである。それは七〇年代初頭ドイツ語圏に現れた「新しい内面性」の文学と符節を合わせた動きでもあった。その転回の印をはっきり刻んでいるのが、『長い別れに寄せる短い手紙』（七二年）だ。アメリカを旅しながら不安の源である過去から解放された新しい自己を見いだすというモチーフは、一方でドイツ文学の伝統である教養小説の伝統に、他方でヴェンダースらのロードムービーに結びつく。

七五年にヴェンダースがハントケの脚本を映画化した『まわり道』（七四年）も、ゲーテの教養小説『ヴィルヘルム・マイスターの修業時代』のパロディーであり、ロードムービーでもあった。

静止した時間の神秘的体験を讃える小説『真の感覚の時』（七五年）は、現実感覚を欠くナルシシズム的自己執着の文学という今日までつづく根強いハントケ批判を招き寄せた。主人公の大使館員コイシュニクはキプロス紛争を告げる新聞記事を見て「ぼくの人生へのとんでもない横やりだ」とつぶやくが、そういう箇所が槍玉に挙がったのである。短編『左ききの女』（七六年）は、ドイツの大都市近郊に住む女性を主人公に現代人の孤独を深く掘り下げる。フェミニズムの文学に先駆ける形で女性の孤独を描いたハントケをナルシシストと呼ぶのは当たっていないように思える。

もう一つ新たな方向を切り開いたのが、母親の自殺をきっかけに書かれた『望みなき不幸』（七二年）という自伝的小説だ。これが『ゆるやかな帰郷』（七九年）から『反復』（八六年）にいたる自伝的作品群の出発点となる。自己発見という古典的テーマを荘重な神話的文体で語った『ゆるやかな帰郷』は、再度のスタイルの革新を指摘されるほどハントケが新しい方向を明確に打ち出した作品だった。空間喪失や神秘的瞬間の体験が自然描写に即して語られる。世界は、言葉を知らずに育ったカスパー・ハウザーにとってのようにまったく新しい未知のものとして作家の前に立ち現れるのだ。長編小説『反復』は行方不明の兄を探し求めて旅出った「ぼく」が、ユーゴとの国境の駅に降り立った二十五年前のシーンの回想から始まる。ハントケの母方の祖父はスロヴェニアの人だ。未知の父祖の国スロヴェニアへの旅は、子供の頃から繰り返し聞かされてきた物語の国「第九の国」への旅でもあった。旅の回想を通じて自分の半生を再構成しようとする語り手「ぼく」の試みは、作家ハントケにとっては、叙事的に物語る行為を通じて世界を再配置する試みに他ならない。孤独な少年時代を過ごした「ぼく」、村の中で孤立していた「ぼく」の家族、そしてこの世界から忘れられたかのようにさびしかった「ぼく」の村。そのそれぞれが、物語の成立を保証する魔法の「第九の国」スロヴェニアのおかげで、世界の始源の時のおもむきを湛えて再浮上してくる。作家ハントケ誕生の経緯の反復であると同時に、物語の発生の時を呼び寄せることにも成功した美しい作品だ。なお、自伝的作品と平行して、それらを注解するかのように、『世界の重み』（七九年）、『鉛筆の物語』（八一年）、『反復幻想』（八三年）、『作家の午後』（八七年）らの日記風エッセーが書かれている。

九〇年代に入ると千ページを超す大長編小説『だれもいない入江での一年』（九四年）が書かれる。二十年前の『真の感覚の時』の外交官コイシュニクが五十代半ばの作家になって再登場する。物語と語り手についてのメタ的視点を強調した「天国的に長い」長編である。

さてハントケは九六年に私的セルビア紀行『ドナウ、サーヴェ、モラヴァ、ドリナ河畔への冬の旅』を出版する。この作品でもって彼は親セルビア的だとしてドイツのジャーナリズムの集中砲火を浴びる。それまで、世界に背を向けた象牙の塔に立てこもる作家というイメージでとらえられてきた作家が、政治的言説のまっただ中に引き出され、孤立無援の状況に陥るのだ。ＮＡＴＯ軍によるコソボ空爆を非難するハントケは、ドイツの進歩的知識人に数えられる作家たち、たとえばギュンター・グラスやエンツェンスベルガーを敵に回した。ハントケは一九九九年になって四半世紀前に受賞したドイツ最大の文学賞ビュヒナー賞を返上する挙に出た。この問題はまだ終わっていない。この解説を執筆している間に前ユーゴスラヴィア大統領のソロボダン・ミロシェビッチ氏がオランダの国際戦犯裁判の拘置所内で急死したが、ミロシェビッチ氏は二〇〇五年ハントケに法廷で自身の弁護に立つよう要請したことがある。ハントケは直接の弁護は拒んだが、「ソロボダン・ミロシェビッチ裁判に寄せる迂遠な証言報告」というサブタイトルを付したエッセー『タブラス・デ・ダイミエル国立公園』を書いて被告の意志に応えた。この間の経緯をずっとフォローしてきたわけでないので、ここではこれ以上ふれないが、ハントケの場合、自分の父祖の地であり、彼自身が「第九の国」と名付けた旧ユーゴスラヴィアの紛争をめぐる、ジャーナリズムの言説と自分の文学的言説の間に虚偽と真実ほどの落差があると感じたが故の反発であろうことは十分に理解できる。

一九九六年以降のハントケの主要な小説作品として、二〇〇二年の『イメージの喪失またはシエラ・デ・グレドスを経巡って』、二〇〇四年の『ドン・ファン』がある。ともに寓意的色彩の強い語りが前景化した作品だと言える。二〇〇五年には日本紀行をも含む旅日記『昨日の旅路』を刊行した。

旧ユーゴ紛争に関わりだしてからのハントケを彼の作家としての第三の時期ととらえる見方がある。しかしハントケは螺旋を描くように年輪を重ねてきた作家であり、変わったのは彼ではなく、彼を取り巻く側だという見方もあるようだ。それにしても、三周目のターニングポイントに、第九の国の戦争が重なったことは確かである。

劇作家としてのハントケは小説家のようにきちっとした年輪を重ねてきたわけではないが、それでも初期から七〇年代にかけて、『観客罵倒』、『カスパー』、『被後見人が後見人になりたがる』（これも無言劇、六七年）、『クヴォドリベット』（六九年）、『ボーデン湖の騎行』（七二年）で明らかにひとつのエポックを作った。カスパーをのぞく三作はいずれもクラウス・パイマンによる演出で初演されている。その後、一九八二年の『いくつかの村について』（ヴィム・ヴェンダース演出でザルツブルク・フェスティバルで初演）を挿む長い中断の後、本作『私たちがたがいをなにも知らなかった時』（一九九二年）を皮切りに、『問いの技法』（九四年）、『不死への備え』（九七年パイマン演出）、『丸木船での航海または戦争映画のための戯曲』（九九年）、『地下鉄ブルース』（〇三年）と継続的に戯曲の執筆が続いている。パイマンによれば、九七年以後のハントケは、真に偉大な劇作家への道を歩み出したのだという。

オーストリアは、パイマンのおかげで、トーマス・ベルンハルトとペーター・ハントケという劇作家を得たことになる。パイマンとハントケの動向からはまだまだ目を離すことができない。

著者

ペーター・ハントケ（Peter Handke）

1942年、オーストリア・ケルンテン州生まれ。オーストリアを代表する作家・劇作家・映画脚本家。大学在学中に発表した小説『雀蜂』と戯曲『観客罵倒』で衝撃的な登場をとげる。『カスパー・ハウザー』や『ベルリン・天使の詩』は日本でも上演・公開された。『幸せではないが、もういい』『左ききの女』『反復』『空爆下のユーゴスラビアで』など多数が邦訳されている。

訳者

鈴木仁子（すずき・ひとこ）

一九五六年生まれ。椙山女学園大学助教授。翻訳家。翻訳書にゼーバルト『アウステルリッツ』（白水社・レッシング翻訳賞受賞）『移民たち』『目眩まし』、クリューガー『生きつづける』（みすず書房）、ケルナー『ブループリント』（講談社）ほか。

ドイツ現代戯曲選30 第十三巻 私たちがたがいをなにも知らなかった時
二〇〇六年五月二五日 初版第一刷発行 二〇一九年十月三〇日 初版第二刷発行
著者ペーター・ハントケ⦿訳者鈴木仁子⦿発行者森下紀夫⦿発行所論創社 東京都千代田区神田神保町二—二三 北井ビル 〒一〇一—〇〇五一 電話〇三—三二六四—五二五四 ファックス〇三—三二六四—五二五三⦿振替口座〇〇一六〇—一—一五五二六六⦿ブック・デザイン宗利淳一⦿用紙富士川洋紙店⦿印刷・製本中央精版印刷⦿ ⦿ ISBN4-8460-0599-2

ドイツ現代戯曲選 30

*1
火の顔/マリウス・フォン・マイエンブルク/新野守広訳/本体 1600 円

*2
ブレーメンの自由/ライナー・ヴェルナー・ファスビンダー/渋谷哲也訳/本体 1200 円

*3
ねずみ狩り/ペーター・トゥリーニ/寺尾 格訳/本体 1200 円

*4
エレクトロニック・シティ/ファルク・リヒター/内藤洋子訳/本体 1200 円

*5
私、フォイアーバッハ/タンクレート・ドルスト/高橋文子訳/本体 1400 円

*6
女たち。戦争。悦楽の劇/トーマス・ブラッシュ /四ツ谷亮子訳/本体 1200 円

*7
ノルウェイ.トゥデイ/イーゴル・バウアージーマ/萩原 健訳/本体 1600 円

*8
私たちは眠らない/カトリン・レグラ/植松なつみ訳/本体 1400 円

*9
汝、気にすることなかれ/エルフリーデ・イェリネク/谷川道子訳/本体 1600 円

*10
餌食としての都市/ルネ・ポレシュ/新野守広訳/本体 1200 円

*11
ニーチェ三部作/アイナー・シュレーフ /平田栄一朗訳/本体 1600 円

*12
愛するとき死ぬとき/フリッツ・カーター/浅井晶子訳/本体 1400 円

*13
私たちがたがいをなにも知らなかった時/ペーター・ハントケ/鈴木仁子訳/本体 1200 円

*14
衝動/フランツ・クサーファー・クレッツ/三輪玲子訳/本体 1600 円

自由の国のイフィゲーニエ/フォルカー・ブラウン/中島裕昭訳

★印は既刊（本体価格は既刊本のみ）

Neue Bühne 30

文学盲者たち/マティアス・チョッケ/高橋文子訳

指令/ハイナー・ミュラー/谷川道子訳

前と後/ローラント・シンメルプフェニヒ/大塚 直訳

公園 /ボート・シュトラウス/寺尾 格訳

長靴と靴下/ヘルベルト・アハテルンブッシュ/高橋文子訳

タトゥー/デーア・ローエル/三輪玲子訳

ジェフ・クーンズ/ライナルト・ゲッツ/初見 基訳

バルコニーの情景/ヨーン・フォン・デュッフェル/平田栄一朗訳

すばらしきアルトゥール・シュニッツラー氏の劇作による刺激的なる輪舞/
ヴェルナー・シュヴァープ/寺尾 格訳

ゴミ、都市そして死/ライナー・ヴェルナー・ファスビンダー/渋谷哲也訳

ゴルトベルク変奏曲/ジョージ・タボーリ/新野守広訳

終合唱/ボート・シュトラウス/初見 基訳

座長ブルスコン/トーマス・ベルンハルト/池田信雄訳

レストハウス、あるいは女は皆そうしたもの/エルフリーデ・イェリネク/谷川道子訳

英雄広場/トーマス・ベルンハルト/池田信雄訳

論創社

Marius von Mayenburg Feuergesicht ¶ Rainer Werner Fassbinder Bremer Freiheit ¶ Peter Turrini Rozznjogd/Rattenjagd ¶ Falk Richter Electronic City ¶ Tankred Dorst Ich, Feuerbach ¶ Thomas Brasch Frauen. Krieg. Lustspiel ¶ Igor Bauersima norway.today ¶ Fritz Kater zeit zu lieben zeit zu sterben ¶ Elfriede Jelinek Macht nichts ¶ Peter Handke Die Stunde da wir nichts voneinander wußten ¶ Einar Schleef Nietzsche Trilogie ¶ Kathrin Röggla wir schlafen nicht ¶ Rainald Goetz Jeff Koons ¶ Botho Strauß Der Park ¶ Thomas Bernhard Der Theatermacher ¶ René Pollesch Stadt als Beute ¶ Matthias

ドイツ現代戯曲選 ⑬
Neue Bühne

Zschokke Die Alphabeten ¶ Franz Xaver Kroetz Der Drang ¶ John von Düffel Balkonszenen ¶ Heiner Müller Der Auftrag ¶ Herbert Achternbusch Der Stiefel und sein Socken ¶ Volker Braun Iphigenie in Freiheit ¶ Roland Schimmelpfennig Vorher/Nachher ¶ Botho Strauß Schlußchor ¶ Werner Schwab Der reizende Reigen nach dem Reigen des reizenden Herrn Arthur Schnitzler ¶ George Tabori Die Goldberg-Variationen ¶ Dea Loher Tätowierung ¶ Thomas Bernhard Heldenplatz ¶ Elfriede Jelinek Raststätte oder Sie machens alle ¶ Rainer Werner Fassbinder Der Müll, die Stadt und der Tod